APRENDER É LEGAL

CARLOS BARROS

Copyright© 2020 by Literare Books International
Todos os direitos desta edição são reservados à Literare Books International.

Presidente:
Mauricio Sita

Vice-presidente:
Alessandra Ksenhuck

Capa, diagramação e projeto gráfico:
Candido Ferreira Jr.

Revisão:
Ivani Rezende

Diretora de projetos:
Gleide Santos

Diretora executiva:
Julyana Rosa

Diretor de marketing:
Horacio Corral

Relacionamento com o cliente:
Claudia Pires

Impressão:
Impressul

Imagens:
Freepik.com

Ilustrações:
Fernando Teixeira Neto

Dados Internacionais de Catalogação na Publicação (CIP)
(eDOC BRASIL, Belo Horizonte/MG)

B277a   Barros, Carlos.
       Aprender é legal / Carlos Barros. – São Paulo, SP: Literare Books International, 2020.

   ISBN 978-65-86939-91-0

   1. Literatura de não-ficção. 2. Educação infantil. I. Título.
   CDD 372.21

Elaborado por Maurício Amormino Júnior – CRB6/2422

Literare Books International
Rua Antônio Augusto Covello, 472 – Vila Mariana – São Paulo, SP.
CEP 01550-060
Fone: +55 (0**11) 2659-0968
site: www.literarebooks.com.br
e-mail: literare@literarebooks.com.br

Dedicatória

Dedico este livro a minha esposa Célia Monteiro da Silva e aos meus queridos netos Fabrício, Julianny, Benjamin e Thomas.

Prefácio

Este livro tem como objetivo levar às crianças do ensino fundamental dicas de hábitos saudáveis para serem colocados em prática e jogos envolvendo conhecimentos gerais.

sumário

Prefácio e dedicatória (3)
1. Lembranças da infância (6)
2. Foguete espacial (7)
3. Educação financeira (8)
4. Democracia - exercício de cidadania (9)
5. Agora, as máscaras (10)
6. O passeio (11)
7. Caça-palavras: procure a estrutura educacional da sua escola (12)
8. Caça-palavras com nomes de estados brasileiros (13)
9. Caça-palavras com nomes de animais (14)
10. Caça-palavras com nomes de professores e amigos (15)
11. Caça-palavras com nomes de professores e amigos (parte 2) (16)
12. Corrida (17)
13. Princesa por um dia (18)
14. Fabrício (19)
15. Você sabe economizar? (20)
16. Escotismo (21)
17. O padre sem cabeça (22)
18. Não quero! Obrigado! (23)
19. A minha escola (24)
20. Jogo do tato e do olfato (25)
21. Legado (26)
22. Tio Vadú (27)
23. Fogueira (28)
24. Sinais de trânsito (29)

25. Os dentes (30)
26. Festa junina (31)
27. Brinquedos antigos x brinquedos atuais (32)
28. Dia de chuva (33)
29. A feira do meu bairro (34)
30. Um novo bairro (35)
31. Cuidado! Isso é doença! (36)
32. Seja participativo (37)
33. Família (38)
34. Ser criança (39)
35. Regras de segurança (40)
36. A professora Benedita (41)
37. Aventura em Itanhaém (42)
38. Linda cidade (43)
39. Brenda e Pedrinho (44)
40. Família (45)
41. Projeto de vida (46)
42. Mamãe (47)
43. Banheiro (48)
44. Não fique calada (49)
45. Meu time (50)
46. Rio Negro e Rio Solimões (51)
47. Som nas ruas (52)
48. Recife, a Veneza Brasileira (53)
49. São Paulo (54)
50. Uma nova canção (55)
51. Coleta seletiva (56)
52. Cão (57)
53. Xingamento é crime (58)
54. Alimentação saudável (59)

Histórico do autor (60)

Agradecimentos (63)

Lembranças da Infância

Na infância, com seus sonhos,
A criança chega à escola.
Por ela, passa, aprende e cresce.

Foguete espacial

Foguete é uma máquina que se desloca em alta velocidade de uma base espacial, expelindo um fluxo de gás, e voa em direção à órbita.

Os cientistas desenvolveram tecnologias para conquistar a Lua e continuam avançando para novos planetas.

Quando eu crescer, vou ser um astronauta para ajudar a humanidade e criar novos foguetes.

3

Educação financeira

Economize sua mesada.
Não compre na primeira loja.
Não compre tudo o que vê.
Valorize seu dinheiro.

Democracia exercício de cidadania

Participe das aulas e dos trabalhos.
Cuide da sua sala de aula.
Envolva-se nos projetos da sua escola.
Seja mais participativo.
Isso é democracia!

5

Agora, as máscaras

De repente, tudo fechou.
E agora, Como vou para a escola? Como vou ver meus amigos? E a minha professora?
Lava uma mão. Lava outra. Álcool em gel. Máscara no rosto.
Cadê todo mundo?
O que é esse tal de coronavírus?

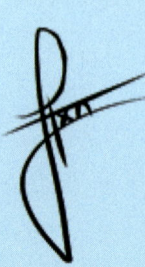

O passeio

Pela manhã, o Chefe Carlos reuniu a sua patrulha para acampar.
O passeio era atravessar a represa de águas cristalinas.
No barco movido a remo, ele estava com seus amiguinhos, Akelá, Aka, Balô e Baguira.
De repente, veio um vento muito forte.
O barco balançou de um lado e de outro.
— Ai, meu Deus! – Gritou Akelá.
Esperto, o Chefe Carlos jogou a corda.
E o barco voltou a flutuar.

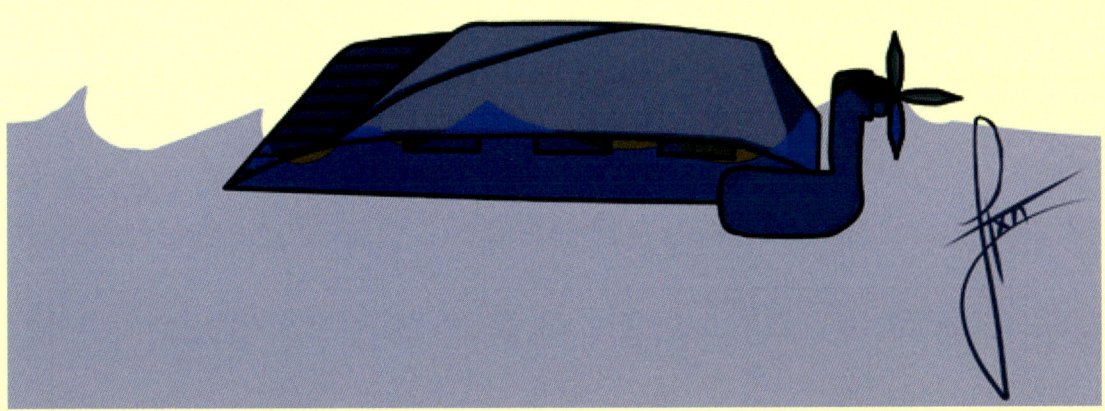

7

Caça-palavras: procure a estrutura educacional da sua escola

As palavras estão escondidas na horizontal, vertical e diagonal.

```
O C O M E A D S H E V A
R O S B S A L U N O S P
I O E T C R E P E E T R
E R C G O A T E C M S O
N D R E L M R R I I E F
T E E S A C E V H N R E
A N T T A T I I I V V S
D A Á O Á G E S I S E S
O Ç R R I T G O V T N O
R Ã I A H E I R F R T R
E O A R O V N E U O E E
S L E E A E W S A S S S
```

ALUNOS - COORDENAÇÃO - ESCOLA - GESTOR - MINISTRO - ORIENTADORES - PROFESSORES - SECRETÁRIA - SECRETÁRIO - SERVENTES - SUPERVISORES - VIGIA

Caça-palavras com nomes de estados brasileiros

As palavras estão escondidas na horizontal, vertical e diagonal.

R	G	Y	A	T	H	R	B	A	H	I	A
P	I	A	U	Í	R	O	R	A	I	M	A
S	Ã	O	P	A	U	L	O	W	N	U	M
U	P	H	D	P	A	R	A	N	Á	C	A
N	U	A	S	E	R	G	I	P	E	E	T
E	W	O	R	L	J	E	G	R	L	A	O
T	T	I	T	Á	T	A	S	O	A	R	G
O	A	C	R	E	A	B	N	U	I	Á	R
F	O	F	N	M	H	T	H	E	H	Á	O
M	I	N	A	S	G	E	R	A	I	S	S
I	D	P	A	R	A	Í	B	A	H	R	S
S	Á	O	A	M	A	Z	O	N	A	S	O

ACRE - AMAPÁ - AMAZONAS - BAHIA - CEARÁ - GOIÁS - MATO GROSSO - MINAS GERAIS - PARANÁ - PARAÍBA - PARÁ - PIAUÍ - RIO DE JANEIRO - RORAIMA - SERGIPE - SÃO PAULO

9

Caça-palavras com nomes de animais

As palavras estão escondidas na horizontal, vertical e diagonal.

```
R P R E G U I Ç A J N S
E J C T P É G I R A F A
O A A E H O G P B V R E
N C B O C O R U J A O L
Ç A R F A E R C A L A E
A R A O Á R P E O I S F
E É C C O E L H O Q G A
G C V A V A C A U A A N
B A N N V P L I Z T R T
E T T E M A L E S A Ç E
A U D O O O L E L T A L
E T C A R A C O L U O Y
```

ANTA - BURRO - CABRA - CARACOL - CAVALO - COELHO - CORUJA - ELEFANTE - EMA - ESQUILO - FOCA - GARÇA - GATO - GAZELA - GIRAFA - JACARÉ - JAVALI - ONÇA - PORCO - PREGUIÇA - PREÁ - TATU - VACA - ÉGUA

10

Caça-palavras com nomes de professores e amigos

As palavras estão escondidas na horizontal, vertical e diagonal.

```
P N M A T R E G I N A D
R H A A L I C E C M E N
M A R I A L Ú C I A F L
E I I M A E I Á R N R A
T L A U I L O S R O I O
L W D V F I W S P E M D
I I O P S A O I L L E I
A N C E I N B A V E R C
E Y A N L E L I Z E T E
O T R H V L L A N I I
B F M A I U A M A N D A
E D O A A Z A N A T I G
```

ALICE – MANOEL – MARIA DO CARMO – MARIA LÚCIA – PENHA – REGINA – SILVIA – IVONE – AMANDA – CLÁUDIA – CÁSSIA – ELIANE – LUZ – ELIZETE – FABIANI – IMER – LAODICEIA

Caça-palavras com nomes de professores e amigos (parte 2)

As palavras estão escondidas na horizontal, vertical e diagonal.

```
E A N G E L U C I A S U
O L A D A N C A R L O S
P M I S I M O N E N V W
C A J A Q U E L I N E W
A R B E N E D I T A R B
R C L A S E I E H R A U
M O O V I V I A N E R T
E S U H P E N E M G O E
M C R S O S T A A I C D
W A D T O I R T M N H L
A O E U R I C O N A A E
C L S T A N A P A U L A
```

ANA PAULA - ANGELUCIA - BENEDITA - CARLOS - CARMEM - ELIANE - EURICO - JAQUELINE - LOURDES - MARCOS - MARIA - REGINA - SIMONE - VERA ROCHA - VIVIANE

12

Corrida

Chefe Carlos gosta de praticar esporte.
Ele e o filho Cleber já viajaram por muitas cidades do interior do Brasil.
Ele também já participou da corrida de São Silvestre.
Você quer ser como Chefe Carlos?
Então, vamos lá!

13

Princesa por um dia

Era uma vez uma menina que queria ser princesa. Então, no dia do seu aniversário, seu pai fez uma surpresa.

Ela ganhou um vestido lindo e uma festa maravilhosa.

Naquele dia, a menina virou princesa e ficou feliz.

Até um príncipe apareceu na festa.

Fabrício

Fabrício tinha um sonho: tocar saxofone.
Ele já havia crescido, mas não esquecia o sonho.

Um dia, ele ganhou o saxofone e aprendeu a tocar.

Agora, ele deixa todo mundo feliz com a sua música.

Ele estuda para ser engenheiro.

Mas nunca vai esquecer o saxofone.

15

você sabe economizar?

Esta é a Célia. Ela adora ir ao supermercado. No dia do aniversário dela, fizeram um bolo com muitas ofertas.

A Célia ficou tão feliz que quase se esqueceu de apagar as velinhas.

O supermercado viu a foto do aniversário da Célia.

Ele fez um cartaz para dar parabéns a ela também. Célia ficou mais feliz ainda.

Escotismo

Você sabia que o escotismo foi fundado em 1907, por Baden Powell?

Ser escoteiro é muito divertido.

O escoteiro é educado, ama a natureza e os animais.

O escoteiro pratica atividades, acampa ao ar livre, cuida bem da saúde e da higiene pessoal.

O escoteiro aprende primeiros socorros e muitas outras coisas para tornar o mundo melhor.

17

O padre sem cabeça

O primeiro acampamento da turma foi dentro do cemitério.
Depois de muitas brincadeiras, teve um jogo noturno.
Macilo foi escalado para ficar de guarda.
No meio da noite, um grito.
— Padre sem cabeça! Padre sem cabeça!
Todos levantaram assustados.
Era choro daqui, grito de lá.
O Chefe corajoso pegou o facão e foi até lá, perto do padre sem cabeça.
Veio um relâmpago forte e um barulho muito alto.
Quando olharam de novo, o padre sem cabeça tinha sumido e o Chefe também.

Não quero! Obrigado!

Sarito queria ser diferente.
A mãe dele brigava:
— Filho, não faça isso!
Mas ele não escutava.
Escolheu amigos que a mãe não gostava.
Um dia, ficou muito doente. Até foi internado.
Ele aprendeu que, para ser descolado, é só dizer:
— Não quero! Obrigado!

19

A minha escola

—Esta é minha escola! – gritou Bruno.
O amigo veio correndo.
Bruno e o amigo entraram na sala de aula.

Agora, Bruno estava feliz.

Ele também estudava na escola do amigo.

E aprendia que, para ser feliz, é preciso cuidar do lugar em que estuda.

Jogo do tato e do olfato

Em uma mesa, coloque 25 objetos diferentes: apito, interruptor, caixa de lâmina, relógio, pente, controle remoto, parafuso, dobradiça, caneta, carregador, chaveiro, óculos, grampeador, moeda, pincel, bocal de lâmpada, creme dental perfume, medalha, fita, teflon, pilha, chave de fenda, clipe, prego e cubra os objetos com uma toalha.

Coloque uma venda nos olhos da criança que vai participar, leve-a até a mesa, peça que apalpe a toalha e tente adivinhar o objeto.

Ganha o jogo a criança que acertar o máximo de objetos (até 16).

21

Legado

Você sabe o que é um legado?
É o que faz a gente ser lembrado por outras pessoas.
Então, faça muitas coisas boas e tenha um legado.
Assim, todo mundo sempre se lembrará de você.

Tio Vadú

—Acorda, Vadú! Já passa do meio-dia! – gritava Vovô Lalai.
   Mas Tio Vadú não acordava.
   Ele virava de um lado, virava de outro na cama.
   Quando conseguia levantar, pegava seu pandeiro.
   Tio Vadú adorava tocar pandeiro.
   Ele escrevia músicas para as festas animar.

23

Fogueira

No meio da mata, com uma xícara de chocolate quente nas mãos e uma manta colorida nas costas, todos ficavam em volta da fogueira.

Chefe Carlos saudava a fogueira e cantava músicas engraçadas para ninar a molecada.

Marcílio e Mariano eram os mais animados.

Eles davam gargalhadas a noite inteira.

Era muito animado ficar na roda da fogueira e ouvir as histórias que eram contadas.

Sinais de trânsito

Escreva o nome dos sinais de trânsito que você conhece.

_____
_____
_____
_____

Peça a ajuda de um adulto, se precisar.
No seu bairro, procure os sinais que aparecem na lista.

25

os dentes

Escove os dentes a cada refeição.
Procure o dentista a cada seis meses.
Evite doces e balas para não ter cáries.
Cuide bem dos seus dentes!

Festa Junina

No mês de junho, na minha escola tem diversão. Bandeirinhas, balões, fogueira, barracas, doces, muitos doces.

É a Festa Junina.
Música, quadrilha, danças variadas e muita animação.
Eu adoro a Festa Junina da minha escola!

27

Brinquedos antigos x Brinquedos atuais

Faça uma lista com os nomes dos brinquedos antigos. Depois, faça outra lista com os nomes dos brinquedos atuais.

Dia de chuva

A chuva cai no jardim.
É dia de animação.
Muitas poças para se divertir de montão.
— Viva a chuva! – Gritam as crianças.
As árvores e as flores vão ficar felizes.
Os bichinhos também.
Nada mais divertido que um dia de chuva!

29

A feira do meu bairro

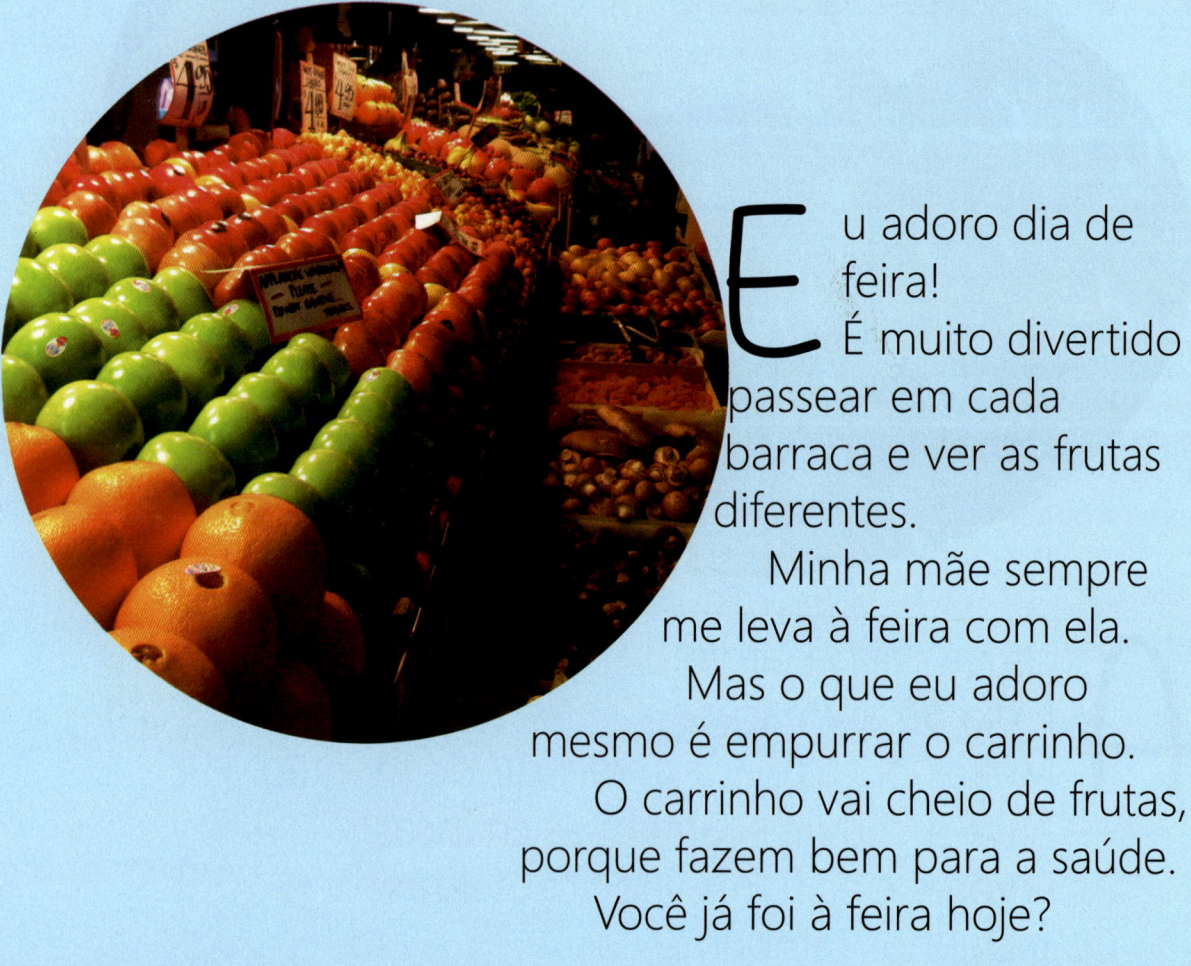

Eu adoro dia de feira!
É muito divertido passear em cada barraca e ver as frutas diferentes.
Minha mãe sempre me leva à feira com ela. Mas o que eu adoro mesmo é empurrar o carrinho. O carrinho vai cheio de frutas, porque fazem bem para a saúde. Você já foi à feira hoje?

um novo bairro

No bairro em que moro, a situação é difícil.
Falta de tudo.
Falta trem, falta poste de luz, falta praça para brincar.
Mas as pessoas que moram no meu bairro fizeram uma reunião.

E decidiram que todos iam cuidar do bairro.
Assim, hoje tem tudo.
Tem trem, tem poste de luz, tem praça florida para brincar.
Isso é cidadania.

31

Cuidado! Isso é doença!

O pombo transmite criptococose.
O rato transmite leptospirose pela urina.
O mosquito *aedes aegypti* transmite a dengue.
As baratas também causam doenças.
A mosca provoca micose e disenteria.
O casca do caramujo serve de criadouro para o mosquito *aedes aegypti*.

Seja participativo

Na escola: pergunte sempre que tiver dúvida.
Faça suas lições com capricho.
   Colabore com a limpeza.
   Seja gentil com as pessoas.
   Respeite os colegas.
   A escola é sua. Cuide dela!

33

Família

A vovó é muito legal!
Na casa dela, é muito divertido!
Tem coisas gostosas para comer, tem brincadeiras e tem alegria.
A vovó me ensina a rezar e a respeitar a natureza.
Ela diz que cada um tem o seu jeito e devemos respeitar todas as pessoas.
Minha vovó é uma pessoa muito especial!

… 34

ser criança

Ser criança é muito divertido! Soltar pipa, brincar no parque, jogar bola, correr na grama, jogar futebol.

Mas não pode brincar sozinho, para não se machucar.

Esteja atento e tenha sempre um adulto ao seu lado.
Ser criança é bom!
Mas precisa de cuidados.

35

Regras de segurança

Ao subir na escada, cuidado com os degraus. Peça ajuda para um adulto, senão pode cair e se machucar.

Nunca atravesse a rua sem um adulto ao lado.

Use sempre a faixa de segurança.

Olhe sempre para o sinal de pedestres para ver se pode atravessar.

A Professora Benedita

A Professora Benedita era muito engraçada. Ela cantava a música do Kelekete, para animar a criançada.

Ela usava laços nos cabelos e fazia muitas palhaçadas.

Quando ela aparecia no pátio, as crianças ficavam animadas.

— Viva a Professora Benedita!

37

Aventura em Itanhaém

Depois de duas horas de caminhada, chegamos à tribo.
Os índios vieram nos receber e o cacique mostrou dentro da oca.
Depois, os índios fizeram uma grande roda e começaram a dançar e a cantar.
Foi animado ver a dança dos índios.
O velho Jorge explicou tudo sobre os índios.
Um dia na tribo, convivendo com os índios, foi muito divertido.
Todos querem voltar outra vez.

Linda Cidade

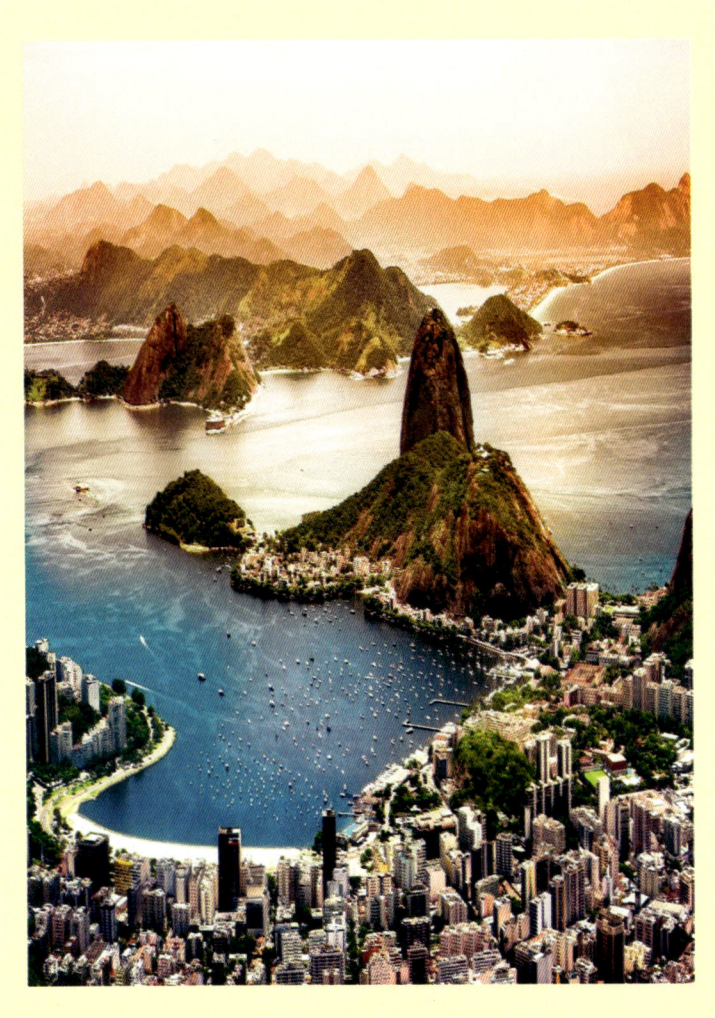

O Rio de Janeiro é uma cidade maravilhosa. Tem o Pão de Açúcar, o Cristo Redentor, a Ponte Rio-Niterói, Copacabana, o Leblon e a Barra da Tijuca.

Tem escola de samba, carnaval, a Rocinha e o Morro do Alemão.

Tem alegria, tem muitas pessoas e praia gostosa.

O Rio de Janeiro é tudo de bom!

39

Brenda e Pedrinho

Brenda é uma aluna especial.
Mesmo na cadeira de rodas, ela é muito feliz.
É inteligente, aplicada, brinca com todas as meninas da escola.
Pedrinho também é especial.
Ele tem uma prótese na perna direita.
É inteligente, educado, alegre e muito participativo.
Brenda e Pedrinho são ótimos amigos.

Família

O meu avô Severino era lavrador.
A minha avó Lalaia era do lar.
O meu avô materno era construtor civil.
A minha avó Isabel era do lar.
O meu pai José era sapateiro.
A minha mãe Carlinda era professora.
Eu sou soldador elétrico.
Meu filho Cleber é técnico de informação.
Minha filha Michele trabalha no departamento de compra e venda.
Essa é minha família.
E a sua?

41

Projeto de vida

Quero ser protagonista.
Quero participar da minha escola.
Quero ter educação de qualidade.
Quero ter o emprego dos meus sonhos.
Quero comprar uma casa.
Quero passear com minha família.
Quero visitar muitos países.
Quero ser feliz.

Mamãe

Mamãe prepara o almoço na cozinha.
Papai ajuda a estender as roupas no varal.
Benjamin e Thomas recolhem o lixo.
Essa é uma família legal!
Todos trabalham juntos.
Assim ninguém fica cansado.

Banheiro

Banheiro é um lugar de respeito.
Banheiro é para todo mundo usar.
Banheiro deve sempre ficar arrumadinho.
Papel higiênico no lixo.
Pipi no vaso sanitário.
Descarga para manter a água limpinha.

Não fique calada

Criança não namora.
Criança não faz coisa de adulto.
Criança precisa ser respeitada.
Se alguém quiser mexer com você, grite.

45

meu time

Estádio de futebol. Sonho e diversão.
Lá tem palmeirense, corintiano, são-paulino.
Camisa do time, bola de futebol, trave de gol, campo gramado.
O apito começa o jogo.
Agora, é só torcida.
Campo de futebol é lugar de respeito.
Lugar de diversão.

Rio Negro e Rio Solimões

O Rio Amazonas é formado por dois grandes rios: o Rio Negro e o Rio Solimões.

A paisagem desses rios é deslumbrante.

Lá tem a maior floresta do Brasil.

— Viva o nosso Brasil!
Cuide de nosso país.
Cuide de nossos animais.
Cuide da nossa natureza.

47

Som nas ruas

Ouvir música é muito legal.
Mas deixar o som muito alto não é bacana.
O respeito é necessário.
Tem bebê dormindo, criança brincando, vovô doente.
Fale para as pessoas da sua casa:
— Aqui, só som baixo!
Você é criança, mas sabe das coisas.

Recife, a Veneza brasileira

Recife é a capital de Pernambuco. Ela é banhada por dois grandes rios: o Capibaribe e o Beberibe.
Recife é muito bonita.
Tem praias, piscinas naturais e muita paisagem.
Recife é a capital do frevo e de muita comida boa.
Tem a praia de Porto de Galinhas e a Ilha de Itamaracá.
Essa é minha querida terra natal!

49

São Paulo

São Paulo é a maior cidade da América Latina. Ela recebe migrantes de toda região do Brasil e imigrantes do exterior.
Tem trânsito, trem, metrô, parque, *shopping* e museu.
Mas também muita animação.
São Paulo é diferente.
É minha cidade do coração!

uma nova canção

Canção 01

Alegria, alegria, eu estou cheio de alegria,
Cantando eu vou para escola.
Eu vou para aprender
Cidadania, cidadania, cidadania,
Quero aprender todo dia.

Canção 02

Foi Tupã, foi Tupã, foi Tupã, foi Tupã o Tabajara na terra do Tupi.
Tem papagaio, arara, maracanã.
Tudo isso que vemos foi Tupã que fez.
(Repita 3 vezes)

51

Coleta Seletiva

| Papel | Vidro | Plástico | Metal | Orgânico |

Cada cor de lixeira representa um tipo de coleta de lixo. Você sabe todas as cores? Jogue o lixo no lugar certo. Cuide do meio ambiente!

cão

Cuide de seu animal de estimação.
Nunca o abandone.
Ele fica muito triste se ficar sozinho.
Ele é seu companheiro, seu amigo.
Seja cachorro, gato, coelho, passarinho. Não importa!
O que importa é você cuidar dele de verdade.
Seu animal sempre estará a seu lado, cuidando de você.
Ame e respeite todos os animais!

53

xingamento é crime

Não podemos xingar outra pessoa. Esteja atento!
Se vir alguém maltratar outro colega, não deixe. Todos merecem respeito.
Ajude a cuidar das outras pessoas. Você pode fazer a diferença.

Alimentação saudável

Coma sempre verduras, legumes, cereais, peixes e frango.
Evite comer carne vermelha. Só uma vez por semana.
Mastigue bem os alimentos antes de ingerir.
Não beba água ou suco durante as refeições.
Beba água suficiente para o seu organismo não ficar desidratado.
Coma alimento cozido.
Evite alimentos fritos.

Histórico do Autor

CARLOS BARROS

Escritor e professor de oficina de jogos matemáticos e projetos temáticos. Bacharel em Teologia pela Ibetel. Graduado em Pedagogia pela Universidade Braz Cubas. Tecnólogo em Gestão Ambiental pela Universidade Braz Cubas. Diretor presidente do Grupo Escoteiro Nova Aliança. Chefe escoteiro por 50 anos. Líder da mocidade da IEAD (Igreja Evangélica Assembleia de Deus). Recebeu dois prêmios: pelos trabalhos prestados na cidade de Itaquaquecetuba e funcionário padrão, após 19 anos de casa na Acil.

Contatos
geitaqua@gmail.com
(11) 99968-7465

Agradecimentos

Agradeço a Deus pela realização de mais um livro; ao psicólogo Luiz Carlos Teixeira; ao artista plástico Fernando Teixeira Neto, pela contribuição dos seus excelentes desenhos gráficos; à professora Viviane Arrelario, pela participação em um capítulo.